KB101811

너는 네 인생이 마음에 드니? 2

신주희의 생활의 구성

Configuration Of Life

One Day Thinking Illustration

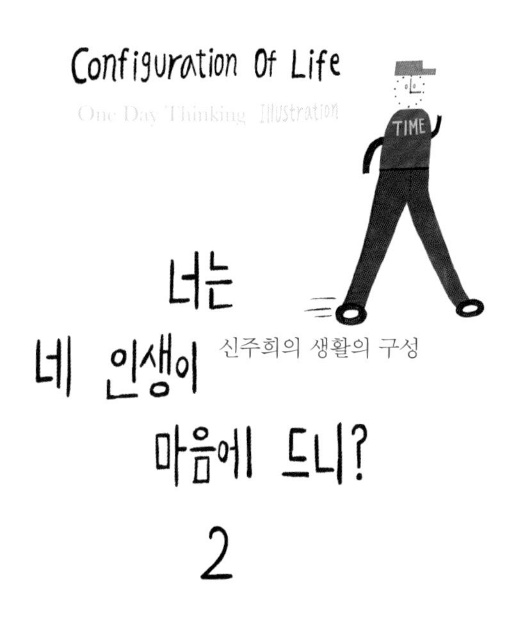

너는 네 인생이 마음에 드니? 2

신주희의 생활의 구성

신주희 글 전광은 그림

알레고리

머리말을 대신하여

사람들은 인생의 묘미를 발견하기 위해
깊이를 가늠할 수 없는 바닷속을 탐험한다.
구름을 가르며 비행기에서 뛰어내리고
천 길 벼랑 험산을 바락바락 오른다.

그렇지만, 인생은
무색(無色),
무미(無味),
무취(無臭).
무엇을 섞을지가 관건.

인생의 최종형태는

나,

지금,

오늘.

prologue

나, 이렇게 시시하게 살아도 되는 걸까

원래 닭의 수명은 30년 정도인데,
요즘 닭은 태어나 30일 안에 죽는다.
닭의 온 생이
삼계탕 한 그릇에 맞춰져 있다.

삼계탕을 한 그릇씩이나 비우며
나는 이렇게 시시하게 살아도 되는 걸까.
얼굴이 뜨거워진다.

삼계탕

차례

머리말을 대신하여 나, 지금, 오늘 • 4

Prologue 나, 이렇게 시시하게 살아도 되는 걸까 • 6

Part one '오늘'을 위한 하루 생각

사소한, 사소할수록 좋은 희망 • 15

맹세하지 말 것 • 17

지고 있다 • 18

웃는다 그냥 • 20

엄마 • 23

하기 싫은 일 • 24

호락호락 주지 않는, 인생 • 26

시간 • 28

속물 • 31

우리의 발목을 붙잡는 시시한 것들 • 32

진실 • 35

욕망 • 36

시치미 뚝 • 38

엄마의 슈퍼컴퓨터 • 40

인생이 배달하는 것 • 43

희망의 역설 • 44

유치한 말 • 47

잘 죽기 전에 잘 살아보기 • 49

Configuration Of Life

One Day Thinking Illustration

'오늘'을 위한 하루 생각

Part two '오늘의 나'를 위한 하루 생각

그러다 진짜 혼나요 • 53
나의 소리들은 어디쯤 가 있을까? • 54
슬픔 치료 • 56
옛 애인의 문자 • 59
'등'의 표정 • 60
달인 • 63
첫사랑과 첫눈이 자주 엮이는 이유 • 64
취향 • 66
문제는 다이아몬드냐 사랑이냐가 아니다 • 68
어쩔 수 없는 사랑 • 71
천국처럼 달게 지옥처럼 진하게 • 73
외로움이 • 74
자기 자신 돌보기 • 77
안심 • 78
엄마, 이제, 없음 • 80
고독의 주인의식 • 83
윤리와 도덕의 차이 • 84
슬플 때 슬퍼해야 하는 이유 • 86
견디기 힘든, 친구의 성공 • 89
아직도 되고 싶은 것 • 90
늑대인간 • 92
에라 모르겠다 • 94
대책이 시급하다 • 96
안개 • 99

Part three '오늘의 연애'를 위한 하루 생각

봄밤 • 102
벚꽃이 지고 없다! • 104
시시껄렁한 이유 • 106
당신이 저지른 잘못 • 108
배운 사람이 그러면 못써요 • 111
경험으로만 가질 수 있는 슬픔 • 112
식후 30분 • 114
그만 미워진다 • 116
사랑이 비슷하게 끝나는 이유 • 119
그 이름 • 120
옛 연인의 사진 • 123
말하기 싫을 때 • 124
겨울이 되면 좋은 것 • 126
달력에 없는 일요일 • 128
분위기를 잡아야 하는 이유 • 131
혹독한 훈련 • 132
모르면 모르는 법 • 135
발을 빼라 • 136
첫사랑의 의무 • 138
남자의 법칙 • 141
불편한 수치심 • 143
그저 좋은 사람 • 144
놀라기 위해서 • 147
어른의 이별 • 148
내 남자와 내 여자는 없다 • 150
자존심의 회복 • 153

Configuration Of Life

One Day Thinking Illustration

'오늘'을 위한 하루 생각

Part four '오늘의 사회 생활'을 위한 하루 생각

예전엔 몰랐던 일 • 156
월급 • 158
출근의 이유 • 160
이제 그마 해라 • 162
월급날 • 164
직업 시대 • 167
표면을 겉도는 말 • 168
결혼식에도 장례식에도 가는 날 • 170
열정 낭비를 안 하려면? • 172
증명의 어려움 • 175
팔 영혼도 없이, 막 • 177
사양합니다 • 178
변덕과 일편단심 • 180
우리의 두려움 • 182
욕망이 아름답지 않은 이유 • 184
시간이라는 변수 • 187
그것밖에는 • 189

Epilogue 어떤 밤 • 190

Part One Configuration Of Life

One Day Thinking Illustration

'오늘'을 위한 하루 생각

HARU

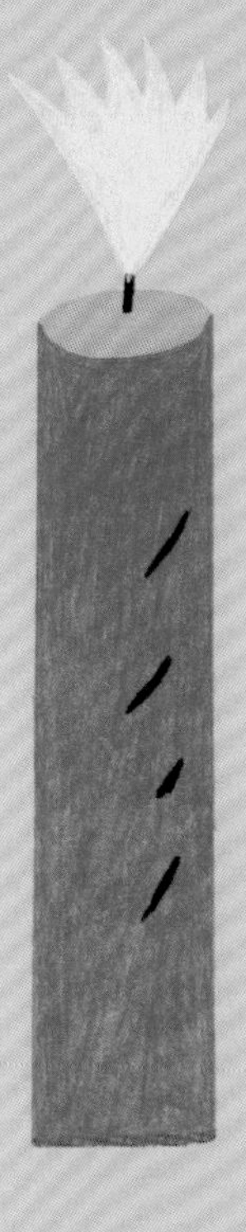

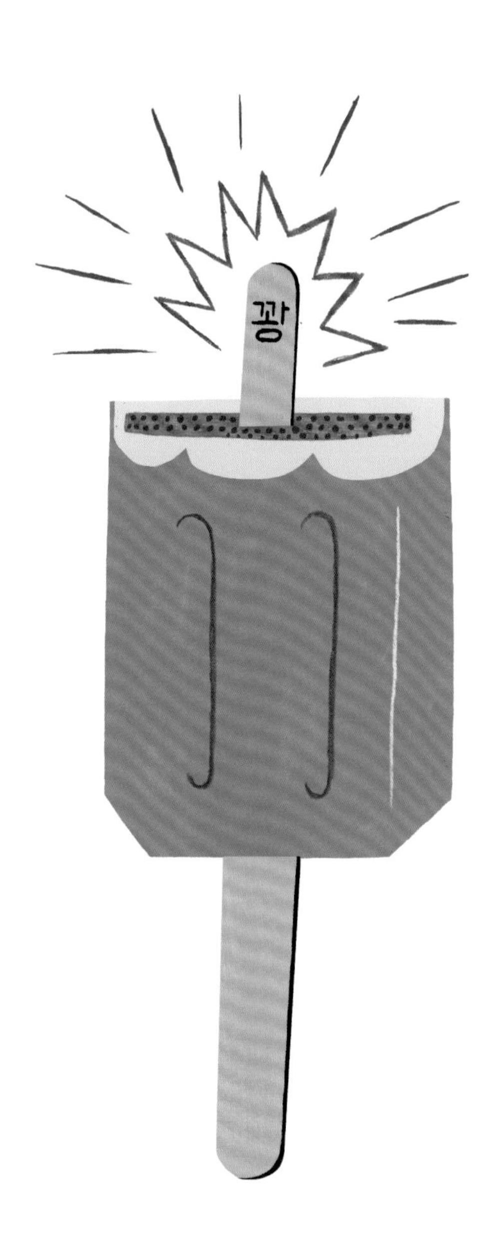
꽝

사소한, 사소할수록 좋은 희망

희망은 사소하면 사소할수록 좋겠다.
사람을 좌절시키지 않을 만큼의 가벼운 기대.
배신감에 치를 떨 필요가 없는 여유.

너무 큰 희망을 품고 사는 건 아닌지.
우리가 절망의 순간 떠올려 봐야 할 한 가지.

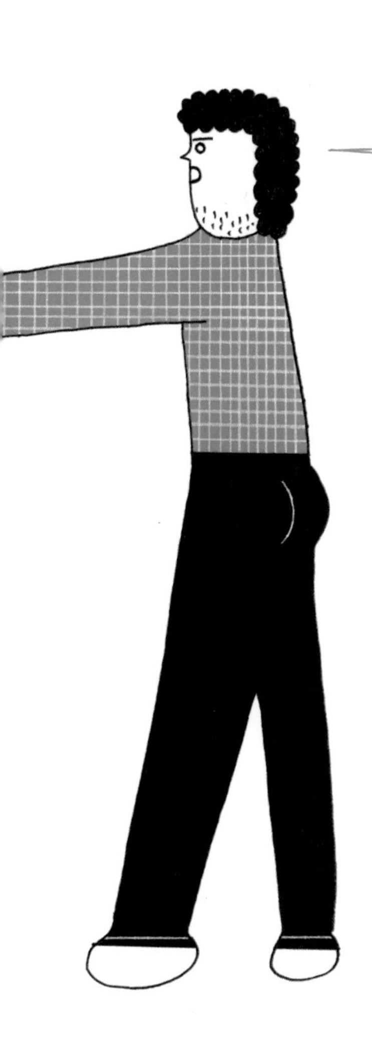

꼼짝 마!

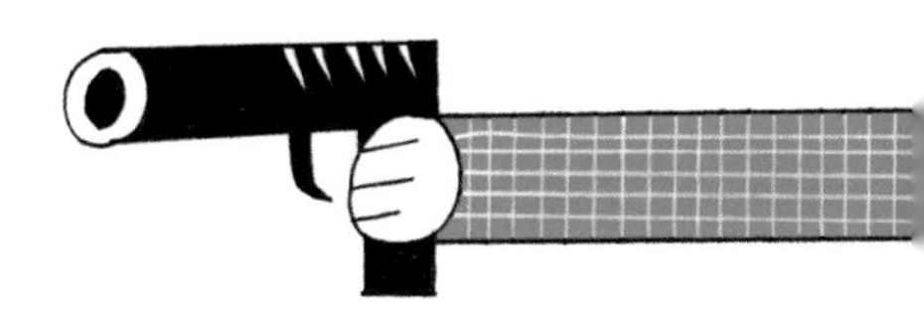

맹세하지 말 것

무엇보다 반복하지 말자고 다짐해 본다. 그것의 맹랑함을 눈치채야 하는 것이 관건. 어쩌면 하는 사람보다는 그것을 믿는 사람이 더 어리석을지도 모른다. 대체로 두려움이 많은 사람이 그것을 강요하기 때문이다. 맹세하지 말 것. 그것은 지금의 내가 내일의 나를 끊임없이 구속하는 행위.

지고 있다

목련이 지고 있다.
이게 마지막이고, 더는 없다고.

가진 것을 놓는 게 아니었다.
애초부터 내 것이 아니었던 것들.
쥔 주먹을 놓기에
아주 좋은 밤이다.

마지막...

웃는다 그냥

사랑에 대하여 묻는 내게

당신은 대답이 없다.

그냥

웃는다.

YOU

엄마

엄마는 돌아가시면서
엄마가 무엇인지를 가르쳐 주셨다.

하기 싫은 일

하기 싫은 일들을 정확히 알고 있다는 것은 매우 중요하다.
실제로 사람들은 그걸 피하기 위해
더 많은 에너지와 시간을 소모하니까.

호락호락 주지 않는, 인생

늘 하던 예, 아니오, 식의 대답이 아니라
왜, 어떻게, 하는 식의 질문.

인생이 시키는 대로 고분고분해도,
인생은 호락호락 뭘 주지 않아요,
절대.

왜?
어떻게?
무엇을 위해서?
어떻게?
왜?

시간

시간은 늘 너무 빠르거나 너무 느리다.
내 걸음에 나란히 맞춰 가는 시간이란 없다.
죽음을 제외하곤.

TIME

속물

속물이란 하나의 가치를 지나치게 맹신하는 사람.
단순히 다른 가치를 차별하는 게 문제가 아니다.
모든 것을 똑같은 기준으로 보는 게 문제.

우리의 발목을 붙잡는 시시한 것들

이론상으로 우리는 웬만하면 훌륭한 사람이 될 수 있는데,
시시한 것들이 우리의 발목을 붙잡는다.

“홍어도 못 먹는 년이 무슨 소설가냐?”
이것은 우리 엄마의 말씀.

홍어도 못 먹는 년이 무슨 소설가냐?

진실차

진실

진실은 어떤 자세다.

이를테면 가장 경건한 자세.

욕망

욕망은 결코 약속을 지키지 않아.

시치미 뚝

미스터리하게 사라지는 것들이 있다.

손톱깎이, 머리끈, 구두주걱, 귀걸이 한 짝 등등.

그런데 더 미스터리한 것은

그 모든 것이 한날한시에 다시 나타난다는 것이다.

엉뚱한 곳에서 뚝, 시치미를 떼고.

가령, 이사하는 날 같은.

귀걸이 가족상봉

엄마의 슈퍼컴퓨터

일기예보 슈퍼컴퓨터의 능력은 682.9 테라플롭스
1초에 약 682조의 계산을 할 수 있는 능력이라고 한다.
5억 명 이상이 1년 동안 계산을 해야 닿을 수 있는 숫자.

엄마에게 슈퍼컴퓨터를 능가하는 기능이 생겼다.
우산을 가져가라 하신다.
비가 오려나 보다고.

우산 가져가!
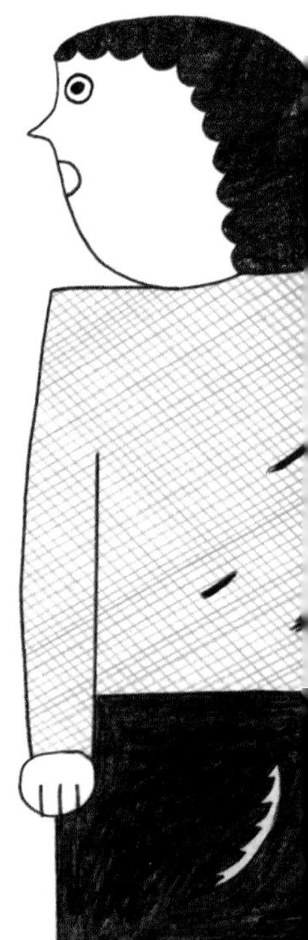

배달왔어요.
안 시켰는데요...
희망 반
절망 반

인생이 배달하는 것

될 일은
아무렇게나 해도.
안 될 일은
무슨 수를 써도.

인생이 배달하는 건
언제나 희망 반, 절망 반.

희망의 역설

희망이란 역설적으로,

그곳에 얼마나 많은 절망이 있었는가 하는 것.

hOPe

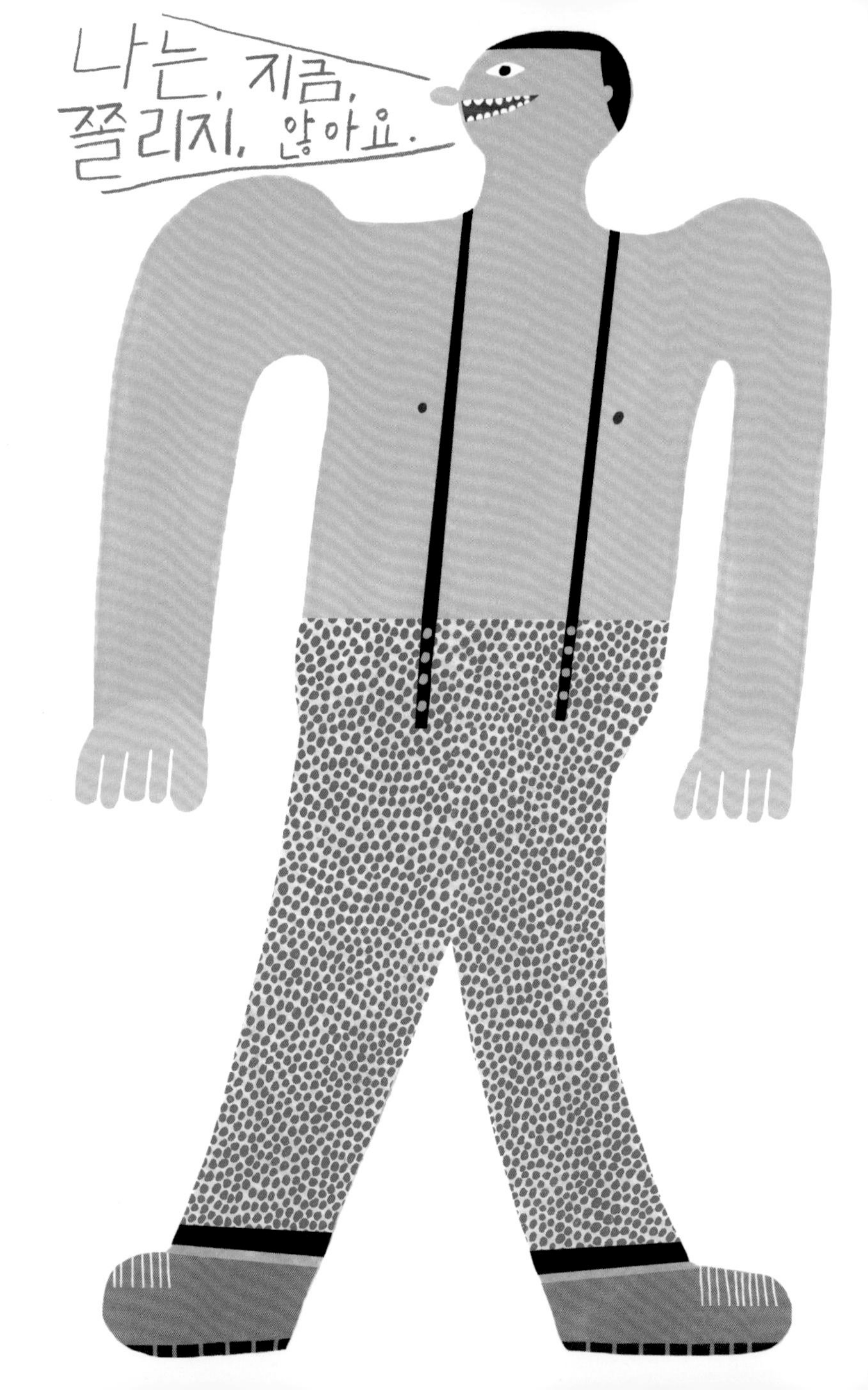
나는, 지금, 쫄리지, 않아요.

유치한 말

어른이 되어서 내가 나눈 대부분의 대화를 요약하자면
나는, 지금, 쫄리지, 않아요.

아,
유치해,
정말.

잘 죽기 전에 잘 살아보기

죽어서 남겨진 이름보다

살아서 불리는 이름들을 기억한다.

화옥, 명선, 권재, 준원, 성욱, 정화,

윤서, 선희 지애, 정은, 연진, 지선,

승희, 산아, 사랑, 숙현, 은선,

혜진, 경자, 은정, 민정, 도희, 윤정,

하나, 영해, 순정, 소영, 혜정……

잘 죽기 전에 잘 살아보는 게 관건.

Part two

Configuration Of Life

One Day Thinking Illustration

'오늘의 나'를 위한 하루 생각

HARU

혼술

혼밥

혼행

그러다 진짜 혼나요

혼술,

혼밥,

혼행.

그러다 진짜 혼나요.

나의 소리들은 어디쯤 가 있을까?

물리학적으로 소리는 없어지는 게 아니라던데,

영상 15도일 때 소리는 시속 1200km를 간다던데.

소리는 없어지지 않고,

어떤 것에 부딪쳐 파동으로 되돌아온다는데.

사랑해.

고마워.

떠나지마.

머물러줘.

네게 속삭였던 나의 소리들은 어디쯤 가 있을까?

너의 어디쯤 가 닿았을까?

(내게 속삭였던 나의 소리들은 어디쯤 가 있을까?

나의 어디쯤 가 닿았을까?)

사랑해

고마워

떠나지마

머물러줘

슬픔 치료

슬픔은 일종의 치료다.

고요한 곳에서 몸을 차갑게 식히는 거다.

살면서 무엇보다 시급한 것,

자신의 슬픔을 제때에 돌보는 일.

옛 애인의 문자

잘 지내?

밤잠 못 이루게
치고 빠지는
옛 애인의 문자.

'등'의 표정

등에도 표정이 있다.
그 표정에 민감해질 때가 있다.
가령 사랑에 빠졌다거나
사랑으로부터 멀어질 때.

사랑의 달인

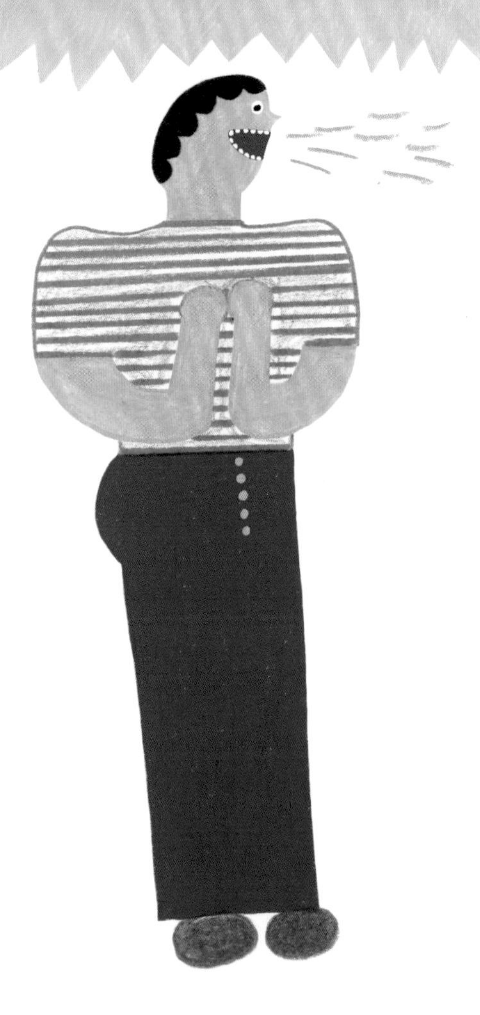

달인

혼자서 사랑하고
혼자서 이별하는
참으로 자립적인 연애.

그런 것이 가능하다.
사랑의 달인이 되면.

첫사랑과 첫눈이 자주 엮이는 이유

첫눈이 지상에 머무는 시간은 아주 짧지.

맺혀서 떨어지고, 바닥에 닿는 순간 녹아버리지.

마치, 첫눈의 일이 그게 다인 듯.

그게 이유야.

첫사랑과 첫눈이 자주 엮이는 건.

취향

사랑이 늘 똑같은 결론에 이른다고 생각했었다.

아니다.

늘 비슷비슷한 사람에게 끌린 것이 문제였다.

부디, 취향을 바꿀 것.

문제는 다이아몬드냐 사랑이냐가 아니다

김중배의 다이아몬드냐

이수일의 사랑이냐를 따지기 앞서,

먼저 솔직하게 인정하라.

진짜로 원하는 그것.

진짜로 원하는

그것.

어쩔 수 없는 사랑

나는 부조리하고 이기적이며 무책임한 사람이다.
많은 상처를 주고 더 많은 상처를 돌려받았다.
이 불균형이 나를 키웠다.
죽지 않게 한다.

당신이 나를 사랑하지 않아도
나는 당신을 사랑한다.
어쩔 수 없다.

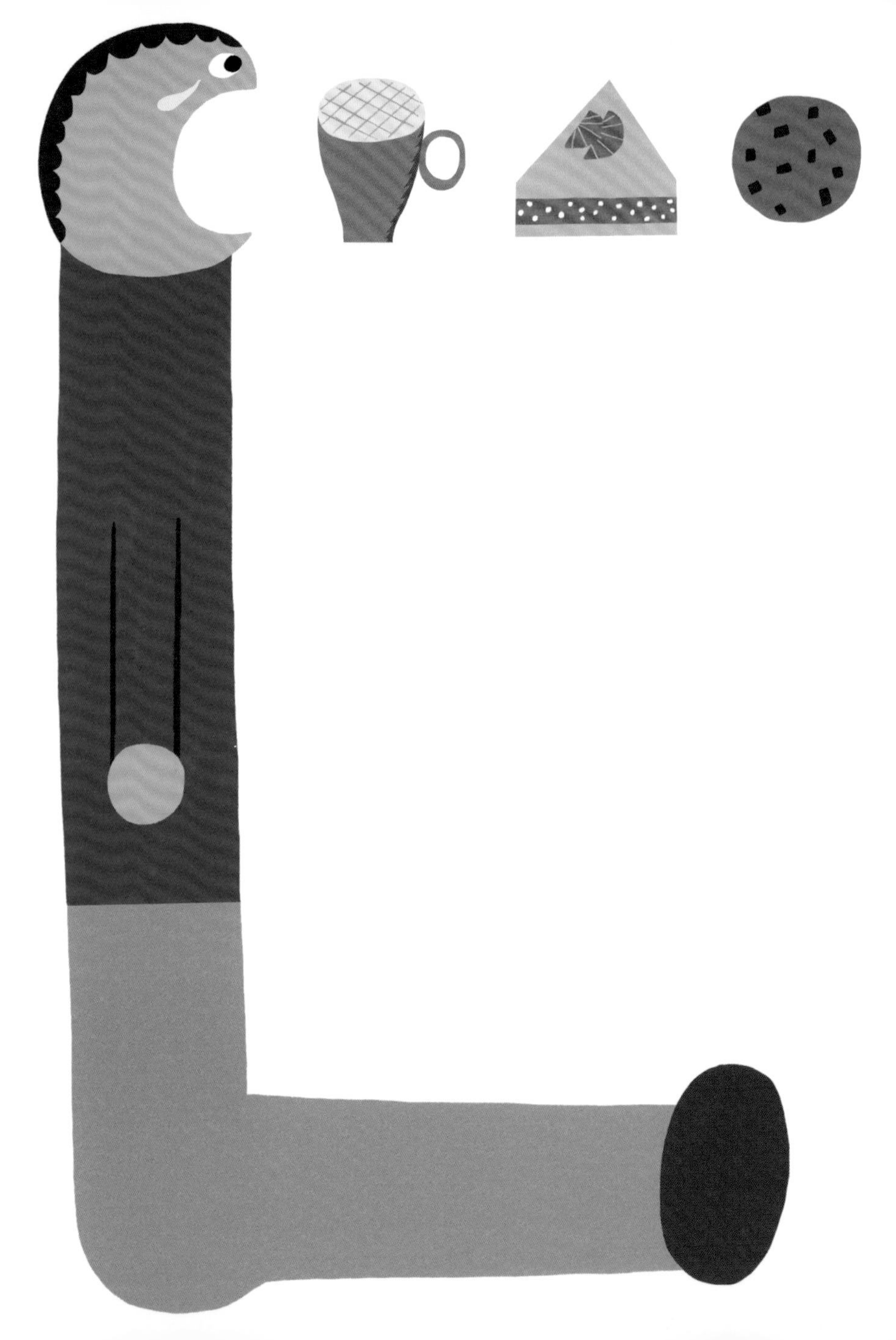

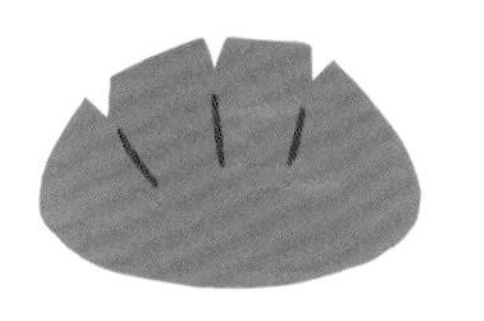

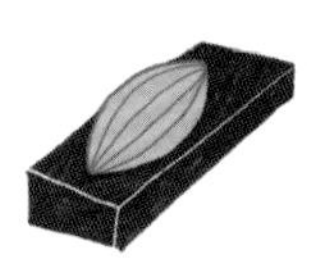

천국처럼 달게 지옥처럼 진하게

캬라멜 마키야또,

자몽 케이크,

피넛 버터 쿠키,

슈크림 빵,

크리스피 도넛,

아몬드 초콜릿,

지렁이 젤리.

기분이 딸릴 땐.

외로움이

당신이 밥을 먹는다.

내가 밥을 먹는다.

TV를 본다.

잠이 들고

꿈을 꾼다.

그런 당신을

그런 나를

외로움이 멀뚱하게 바라본다.

당신과 나란히 눕거나 앉아있다.

나와 나란히 눕거나 앉아있다.

밥도 안 먹고,

늙지도 않고,

이제 당신은 제법

이제 나는 제법

외로움의 투정에 고개를 끄덕거릴 줄 안다.

외로움

tea

자기 자신 돌보기

혼자를 돌보는 법

따뜻한 걸 드세요.

늦잠을 자세요.

배부르고

등을 따뜻하게 하세요.

힘든 일 뒤에

엄마가 추천하던 휴식방법입니다.

안심

망한 연애,

망한 결혼,

망한 사업,

무엇보다 망한 나라.

지구도 망하고 있는 거야, 틀림없어, 하며

안심하는 친구를 보았다.

에라이—
몽땅 다 망해라—

엄마, 이제, 없음

돌아가신 엄마가 살던 집,

그 집의 소리들이 모두 다 커졌다.

불을 켜거나 끌 때,

문을 닫거나 열 때,

물을 틀거나 잠글 때,

소리들이 내게 외친다.

엄마, 이제, 없음.

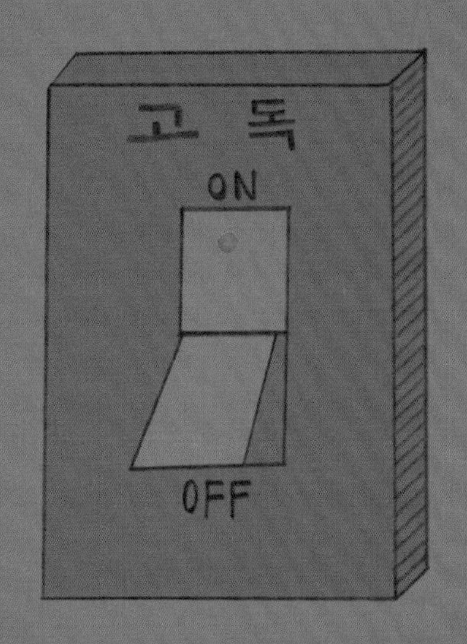
고 독
ON
OFF

고독의 주인의식

주인의식은 회사에만 필요한 게 아니다.
고독을 대하는 우리의 자세에도 주인의식이 필요하다.
누군가에게 기대지 않는 방식으로
철저하게 스스로를 직시하는 일.
많은 것이 달라진다.
마님의 부르심을 기다리는 돌쇠가 아니라
돌쇠를 부르는 마님이 된다.

자기 고독은 자기 스스로.

윤리와 도덕의 차이

나의 진실에 부합하게 말하고 행동하는 것,
여기서 윤리와 도덕은 차이를 보인다.

금연
NO SMOKING
흡연시
벌금 100만원

슬플 때 슬퍼해야 하는 이유

비관은 절망의 깊이를 가늠할 수 없을 때 온다.

바닥을 짚어 본 사람은 더는 비관하지 않는다.

바닥을 치고 떠오르거나

그대로 가라앉아 내일을 도모한다.

슬플 때 충분히 슬퍼해야 하는 이유.

우리는 친구

견디기 힘든, 친구의 성공

우리는 자신이 비슷하다고 생각되는 사람만 질투한다. 손이 닿을 만하다고 여기는 곳에 서 있는 사람. 잘 몰랐는데 내가 원하던 것을 먼저 가진 사람. 가장 견디기 힘든 것이 친구의 성공인 것만 봐도 그렇다. 그러니 질투의 순간이 와도 스스로를 너무 미워하지 마시길. 그저 잘 몰랐던 나의 욕구를 정확하게 확인한 기회로 여기시길. 지금보다 더 나은 사람이 되기 위해 필요한 과정이라 여기시길.

아직도 되고 싶은 것

늘 어른이 되고 싶었다.

아직도 그렇다.

늑대인간

늑대인간이 되는 날이 있지.
세상만사 더럽고 치사해서
체체 거리는 그런 날이 있지.
하필 그런 날 보름달이 뜨는 거지.
가슴을 풀어 헤치고
제일 높은 빌딩에 올라가
오우우우, 하고 비명을 지르고 싶은 날.

둥글게 살지 못해서
보름달만 보면 속이 울렁울렁.

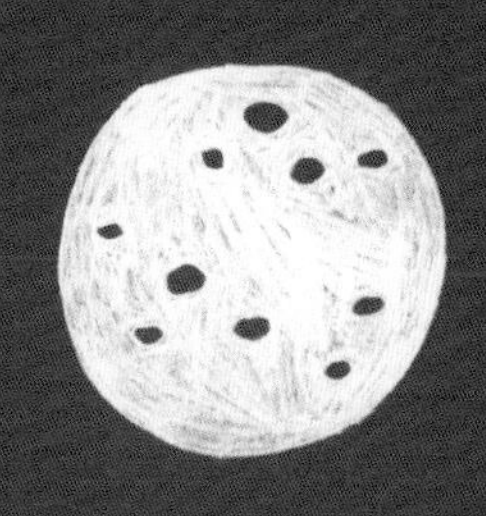

시끄러워

에라 모르겠다

따뜻한 바람이 분다.

꽃잎처럼 뺨이 붉어진다.

뒤척이지 않고는 도무지 잠들 수 없는 밤.

사랑만큼 덧없는 게 온다 해도

에라 모르겠다, 덜컥,

곁을 내 줄 것 같은

그런,

묘한,

밤.

대책이 시급하다

외딴 곳으로 여행을 왔다.
고작 스타벅스 커피가 생각나고,
놓쳐버린 드라마가 아쉽고,
따뜻한 샤워가 간절하다.

이토록 고요하고 평화로운 달밤,
진짜 별들이 머리 위로 쏟아지는 그런 밤,
보고 싶은 얼굴 하나 떠올릴 수 없는 인간이라니.
휘파람처럼 부를 이름 하나 없는 인간이라니.

시급하다, 대책이.

Red Wine

안개

한 번쯤 길을 잃고 방황하는 것도 좋은 일.

안개는 그러라고 있는 것.

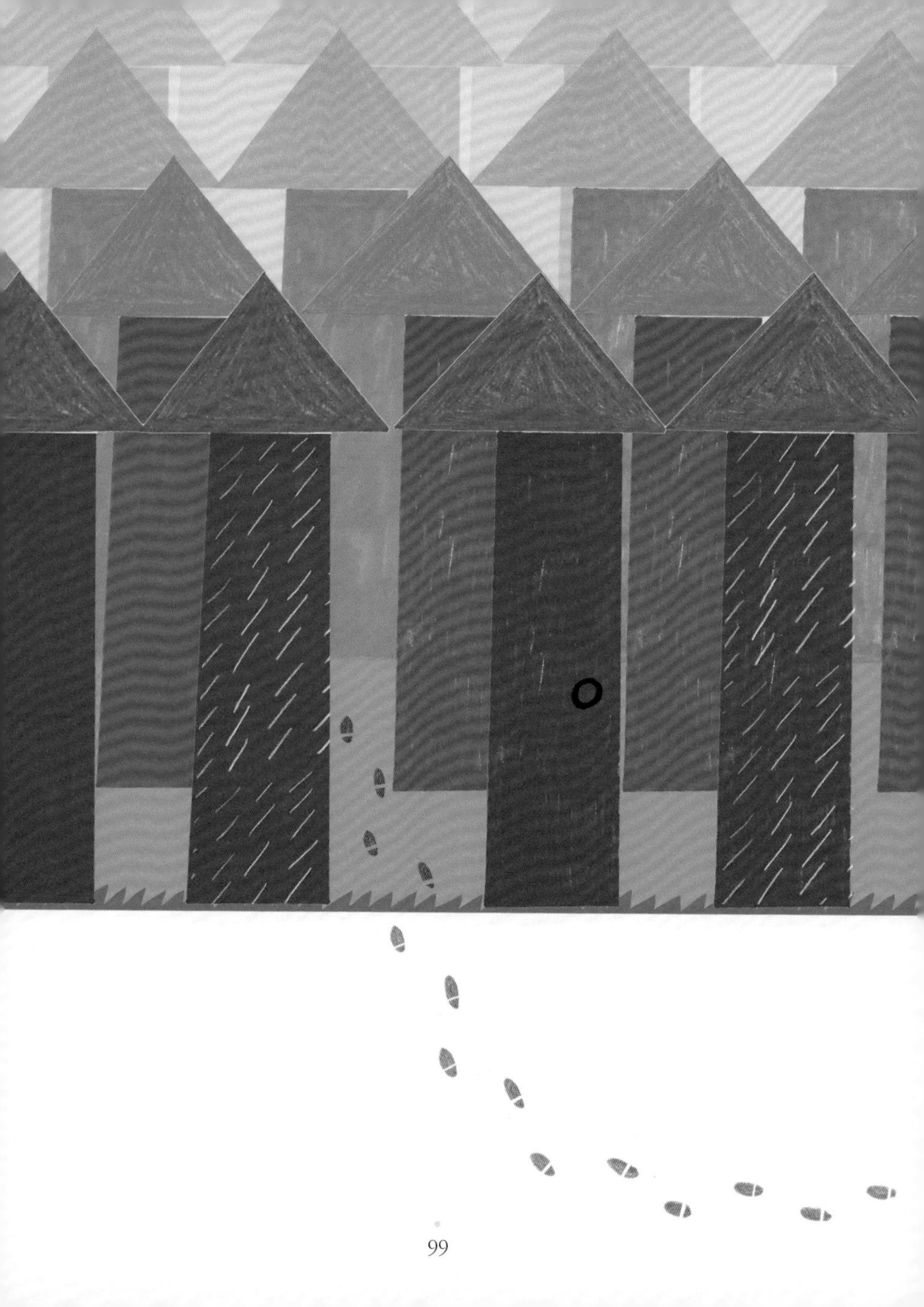

part three Configuration Of Life

One Day Thinking Illustration

'오늘의 연애'를 위한 하루 생각

HARU

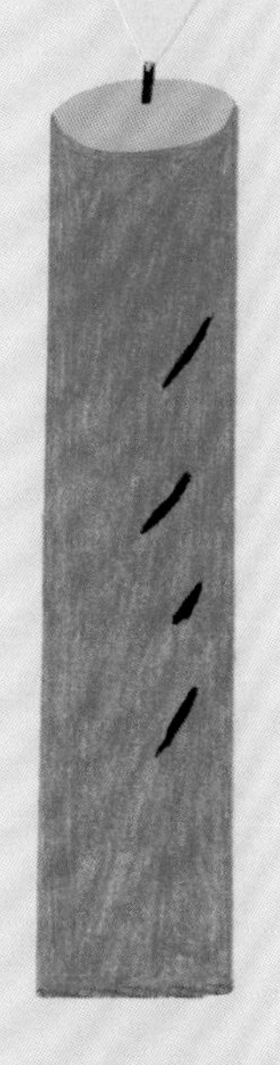

봄밤

아무나 막 사랑해버리고 싶은 봄밤.

벚꽃이 지고 없다!

비가 오려고 할 때,
바람이 거세지려고 할 때,
배웅하듯
한 번 나와 볼 걸.

기별도 없이 떠난 애인처럼
벚꽃이 지고 없다.

아주 중요한 약속을 잊은 기분이다.

시시껄렁한 이유

사랑의 끝은 대부분 치명적인 실수나 결코 용서 받을 수 없는 잘못에 있지 않다. 그것은 그저 이별의 최종 결과일 뿐이다. 실제로 이별을 구성하는 것은 아주 사소한 불만들이다. 피자와 스파게티를 더 이상 좋아해주지 않는다거나, 좋아하는 야구 경기를 놓치게 만든다거나, 양말을 아무렇게나 벗어놓았다거나 혹은 성의 없이 차려진 씨리얼 아침밥상 같은. 사랑의 뒷면은 생각보다 자잘하고 좀스럽다. 목소리를 높일 필요도 없는 애매하고 사소한 감정들이 쌓여 천천히 사랑의 끝을 만든다. 받아들이기 어렵다. 그렇게나 시시껄렁한 이유로 사랑이 끝나다니!

그렇게나
시시껄렁한 이유로
사랑이 끝나다니..

당신이 저지른 잘못

당신이 저지른 최악의 잘못은
나는 항상 특별하다고 말한 것.
나로 인해 행복하고
끝까지 함께하고 싶은 유일한 사람이라 말한 것.
그러고도,
그렇게 말하고도 영영,
나를 잃어버린 것.

LOST

사랑하기 때문에 헤어지는 거야.
그럼 못써요.

배운 사람이 그러면 못써요

자신이 배운 모든 것을 동원해

이별의 이유를 아름답게 포장하는 사람.

그러면 못써요.

배운 사람이.

경험으로만 가질 수 있는 슬픔

번번이 깨지고 부서져버리는 사랑,

그것으로 우리는 늘 수천 번의 절망에서 일어선다.

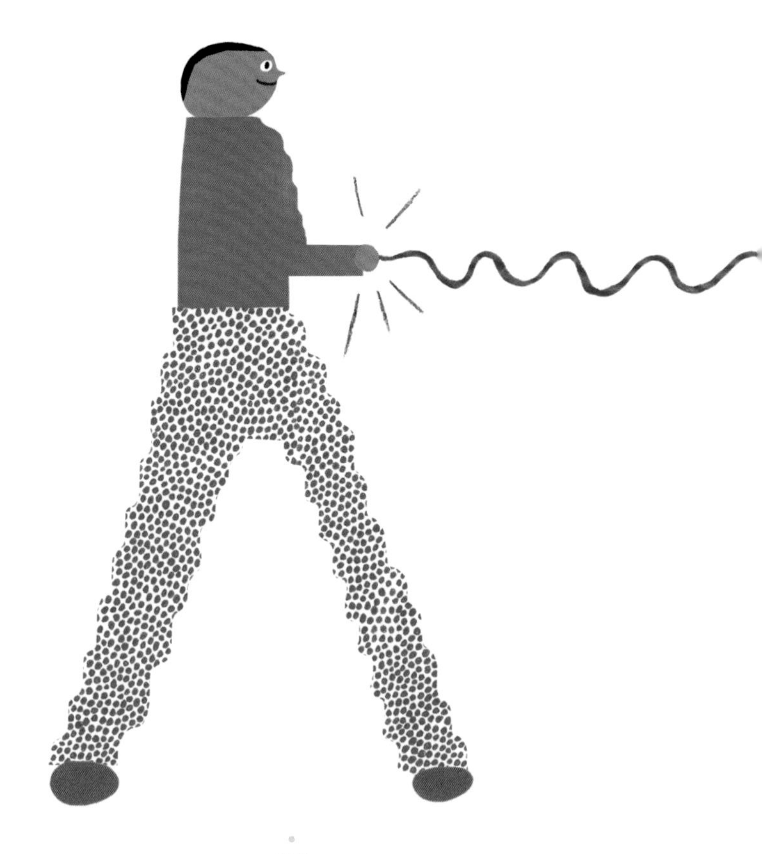

경험으로만 가질 수 있는 슬픔을 갖는다.

사랑이 갈 수 있는 모든 길을

그것으로 간다.

식후 30분

끝끝내 설렘은 나를 구원하지 못했다.

식후 30분 이별.

그만 미워진다

떠나간 사람의 마음에 대해 생각해 본다.

얼마나 상처 받았는지 보여 주마,
어떻게 무너지나 지켜봐라,
품을 수 없이 차가워지고
돌이킬 수 없이 뾰족해지겠다,
시위하듯 날이 선 채 남겨진 마음.

그런 나를 두고

돌아서는 네 마음도 편치는 않았겠구나.

후회가 밀려온다.

이제,

그 사람이 그만 미워진다.

사랑이 비슷하게 끝나는 이유

오래된 사랑은 의무가 아니라 권리를 요구한다.

우리가 꿈꾸던 사랑이

죄다 비슷하게 끝나는 이유다.

그 이름

포스트잇처럼 간단하고 깔끔하게 떨어지는 사랑은 없었다. 안녕, 안녕, 안녕. 여러 번 간절하게 이별을 고해야만 겨우 열어지는 이름들. 그럼에도 이따금씩 불쑥불쑥 열병을 앓게 하는 그 이름들.

사랑
LOVE

Lover

옛 연인의 사진

내가 함께 겪지 않은 너의 시간들은
때때로 내게 사소한 절망과 상처를 준다.
가령, 우연히 보게 된 너의 옛 연인의 사진 같이.

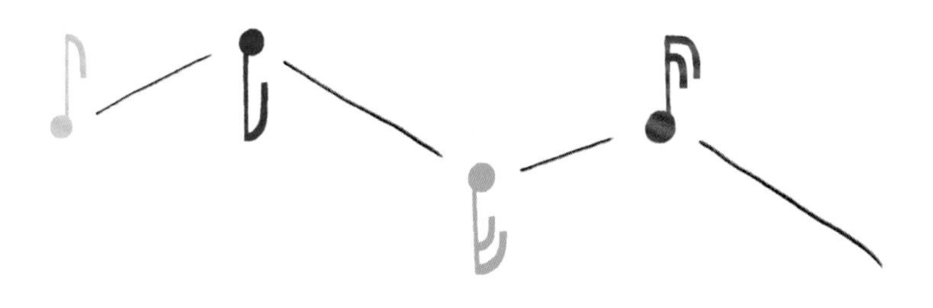

말하기 싫을 때

말하기 싫을 때,

침묵할 수 있는 편안함.

네가 내게 주었던 가장 좋은 것.

겨울이 되면 좋은 것

겨울이 되면 좋은 것.

뜨거운 차를 여러 번 마실 수 있는 것,

마실 때마다 가슴을 데울 수 있는 것,

너를 떠올릴 수 있는 것,

그 마음을 두꺼운 외투로 충분히 감쌀 수 있는 것,

그렇게 한동안은 온몸이 따뜻해지는 것,

네가 많이 추워하는 날 그것으로 함께 따뜻해 질 수 있는 것.

조금의 틈도 없이,

고맙다는 말이 들어갈 새도 없이.

달력에 없는 일요일

일요일들,

그냥 일요일 말고

만개한 벚꽃이 눈처럼 내리는 일요일.

그냥 눈처럼 말고,

당신이 내게 다가오는 순간만큼 그 천천한 속도로 내리는 눈.

둘이 손을 맞잡고 어떤 행진을 하듯,

사람들 속으로 교교히 사라지는 그런 일요일.

달력에는 없는 일요일들.

분위기를 잡아야 하는 이유

여자는 역할을 좋아한다.

그 역할에 충실하기 위해서는

무대와 조명, 적절한 음악이 필요하다.

감정이 잡히면

노래를 부르고 춤을 춘다.

기꺼이 사랑의 주인공에 몰입한다.

여자의 욕구는 직접적인 행위에 있지 않다.

그것에 이르게 하는 환경과 상황.

남자들이 굳이,

분위기를 잡아야 하는 이유다.

혹독한 훈련

혹독한 훈련이다.
앉아, 일어서, 기다려.

그녀의 생일과 기념일을 통해
당신은 어느새 새 인간으로 등극.

기다려!

Boat No.1

모르면 모르는 법

허기를 모르면 맛도 모르는 법.

혼자인 법을 모르면 같이인 법도 모르는 법.

발을 빼라

지지부진한 밀당에 정체된 관계는
한 사람이 발을 빼자마자 속도를 내기 시작한다.

교통정체 제1법칙

교통정체 제 1 법칙

첫사랑의 의무

자꾸자꾸 곱씹는다.

두고두고 떠오르고

고운 기억으로만

오래오래 남아있다.

그것으로 미래의 사랑을 끊임없이 재단하는 것.

첫사랑의 의무는 그것.

어쩌면 바로 그것.

FIRST LOVE
2013.12.26—2014.11.12

그 남자 발견의 법칙

남자의 법칙

괜찮은 남자가 있을 땐 남자 친구가 있다.
남자 친구가 없을 땐 괜찮은 남자도 없다.

그 남자 발견의 법칙

불편한 수치심

수치심을 알아서

사는 게 몹시 불편하다.

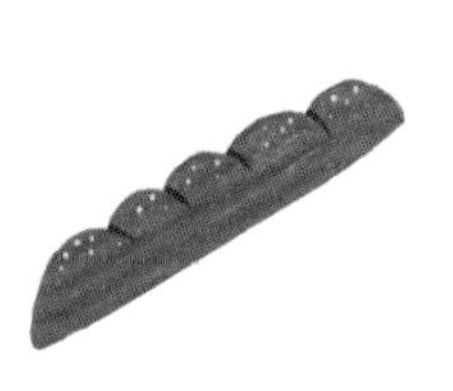

그저 좋은 사람

서로에게 작동되는 안전장치 없이 그저 좋은 사람.

그런 사람이 있었으면 좋겠다.

wine

실수? 실수!

놀라기 위해서

실수를 아주 오랫동안 생각한다. 그것을 반복하지 않기 위해서라기보다 놀라기 위해서. 한 번도 발견하지 않았던 새로움을 경험하고 싶어서. 어쩌면 이 길에서 당신을 만난 것도 그 때문인지도 모르겠다.

어른의 이별

모든 것을 떠나보낸 마음이
이렇게 부드럽고 견고할 수 있다니.
세상의 모든 노래와
세상의 모든 영화에
온몸에 바짝 솟아오른 촉수가 반응하고 있다.
비워진 마음으로 무엇인가 자꾸 채워지고 있다.

이별에도 여유가 생겼다.
아파도 아프기만 한 게 아니고
외로워도 슬프기만 한 게 아니다.
마음이 비워질 때마다
뜻밖의 빛나는 무엇인가를
한 움큼씩 움켜쥐는 기분이 되는
어른의 이별.

나의 소중한 이별들

내 남자와 내 여자는 없다

이 세상에 결코 없는 두 사람.

내 남자.

내 여자.

시간을 아낍시다.

하나님은 이런 것을 만든 적이 없어요.

MEN AND WOMEN

비타 Love
연애의 목적은 자존심의 회복이다. 츄릅 츄릅

자존심의 회복

짝사랑의 가장 큰 폐해는 인격과 자존심을 훼손하는 거다.
심지어 상대방이 그 사실조차 알지 못할 때,
그 고통은 상상하기조차 힘들다.
짝사랑의 해법은
온 사랑을 하는 것.
심리학자들이 뭐라 하든,
연애의 목적은 자존심의 회복이다.

Part four Configuration Of Life

One Day Thinking Illustration

'오늘의 사회생활'을 위한 하루 생각

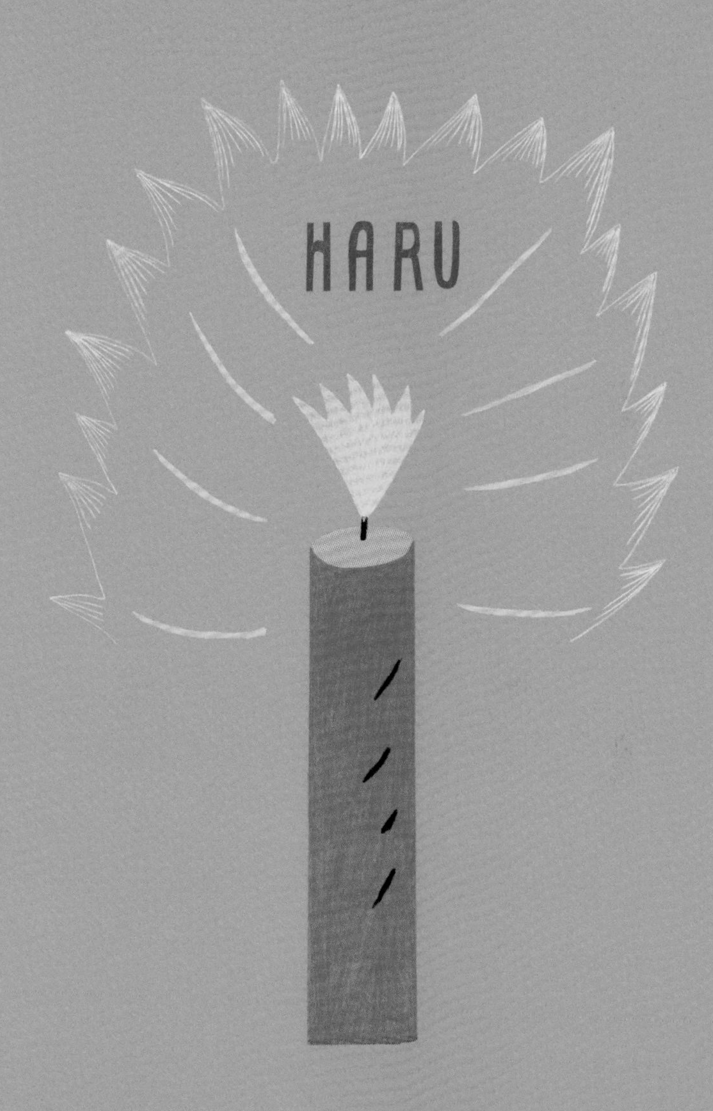
HARU

예전엔 몰랐던 일

이렇게까지 일일이 문자를 하고 전화를 하고,
사정을 묻고, 해법을 알려주고.
내가 당신께 이렇게까지 중요한 사람이었다니.
예전에는 미처 몰랐습니다.

카드 값 입금을 깜빡한 어느 날,
카드사의 독촉전화.

〈달력〉
1 2 3 4 5 6 7
8 9 10 11 12 13 14
15 16 17 18 19 20 21
22 23 24 25 26 27 28
29 30 31
카드값

월급

그것은 공상으로부터 우리를 보호한다.
달뜬 꿈으로 소모될 에너지를 아껴주고
계산되지 않은 감정 낭비를 없애준다.
손에 닿는 선명한 미래를 제시하고
당장 느낄 수 있는 만족감을 준다.

"월급"이 무엇인지 알게 되었다.
우리 모두에게 아파트 마련이
인생 최대 목표가 된 이 시점에.

출근의 이유

출근의 이유, 모닝커피.

여유의 정직한 뒷면, 카드 고지서.

새로운 종족 발견의 기회, 소개팅.

비즈니스 마인드의 정점, 결혼식.

산 사람과 죽은 사람의 콜라보레이션, 장례식.

자체적으로 의미를 부여하지 않고서는

도무지 정리가 어려운 요즘.

단어장

출근의 이유

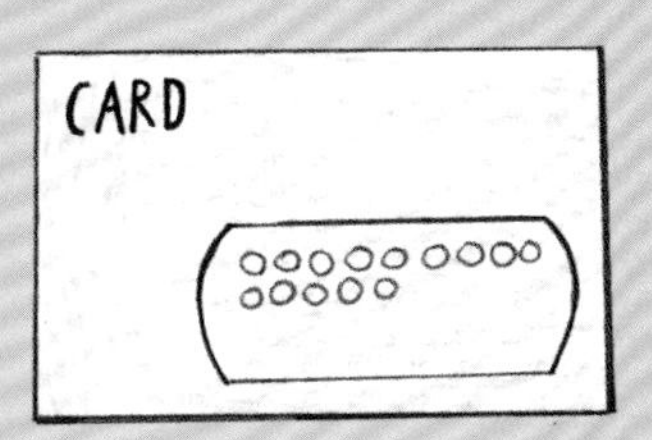

여유의 정직한 뒷면

새로운 종족 발견의 기회

비지니스 마인드의 정점

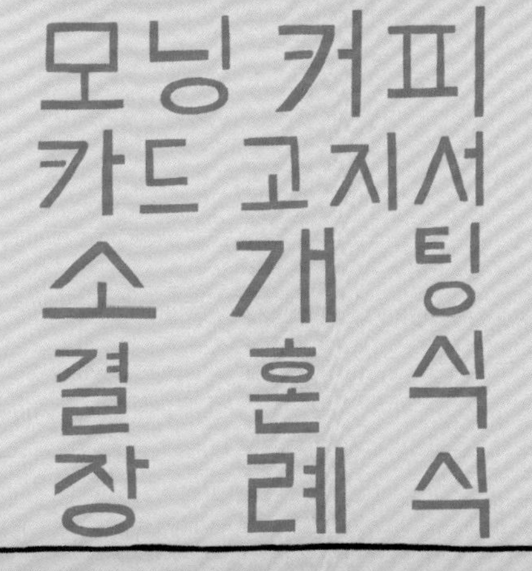

산 사람과 죽은 사람의 콜라보레이션

이제 그마 해라

남자들이 자동차에 열광하는 이유는
사냥을 위해 신속하게 멀리 다니던 사냥 본능 때문이라고.
여자들이 가방에 열광하는 이유는
과일이나 채소들을 바구니에 넣기 위한 채집 본능 때문이라고.

괜찮다, 괜찮다,
나는 괜찮다,
아무리 떨리는 가슴을 진정시켜 봐도
카드 고지서가 날아올 때쯤 본능적으로 느껴지는 이 두려움.

이제 그마 해라, 마이 샀다 아이가.

이제 그마 해라,
마이 샀다 아이가.

월급날

그놈이 매몰차게 돌아서고 있다.
개개인의 사정 같은 것은 봐 주지 않겠다는 듯,
있을 때 좀 잘 해보지 그랬냐는 듯.

전면적으로 밀려왔다,

전폭적으로 밀려갔다.

월급은 정말이지 사이버 머니.

READY!

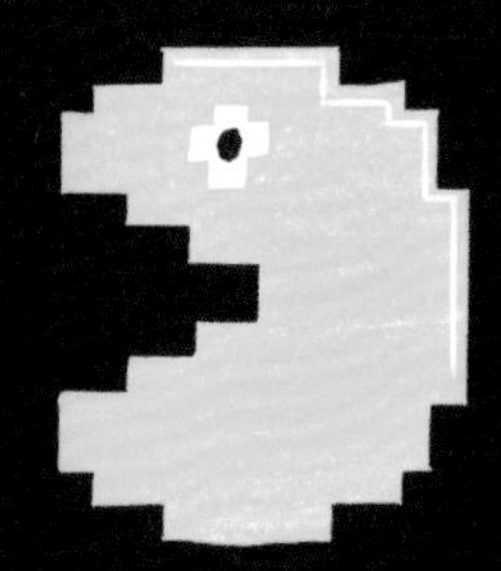

직업 시대

노력이나 성실함이 전혀 변수가 아니라는 것을 알았다.
게임의 원리와 규칙을 조정하는 것은 따로 있다는 것도 깨달았다.

사람이 직업을 고르는 게 아니라
직업이 사람을 고르는 시대다.
바야흐로 지금은.

표면을 겉도는 말

뉴스, 신문, 법과 규칙.
나는 이것들의 명료한 언어들을 견딜 수가 없다.
사건의 표면을 겉도는 말들은 얼마나 큰 폭력인지.

실업을 비관해 죽은 사람도,
사기를 치고 사람을 죽인 사람도
단 한 줄의 헤드라인으로는 설명할 수 없는
인간으로서의 무엇이 있다.
글자 넘어 어딘가, 분명히.

나는
한
사람이다

결혼식에도 장례식에도 가는 날

결혼식도 가고, 장례식도 가야 하는 날.

검은 정장을 입고 진주 귀걸이를 했다.

둘 다 무리 없는 차림.

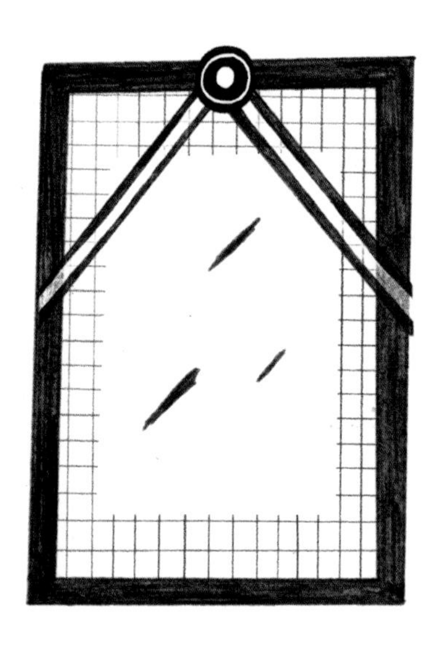

누구는 사랑의 무덤으로,

누구는 인생의 무덤으로.

사실,

우리는 모두 동향.

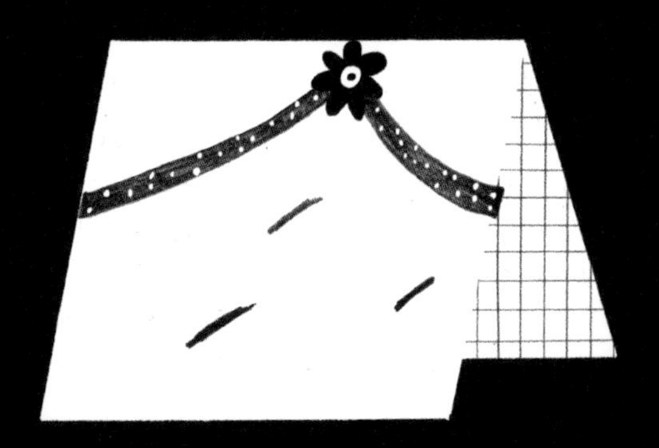

열정 낭비를 안 하려면?

모든 인간이 승부에 적합한 것은 아니다.
노력이나 성실함이 변수가 아닐 수도 있다.
게임의 원리와 규칙을 조정하는 사람은 늘 따로 있다.

열정 낭비를 하지 않기 위해,
때때로 떠올려 봐야 할 것들.

후
후

증명의 어려움

사람들은 잘 모른다.

불가능을 증명하는 것이

가능을 증명하는 것보다 어렵다는 사실을.

할수있다

멋지세요.
대단 합니다.
아름다우셔요.
지적이셔요.
예뻐요.
최고!
짱!
대박
존경합니다.
뭐든 잘 하시네요.
센스있어요.
동안 이십니다.
상냥하세요.
유머러스 해요.

팔 영혼도 없이, 막

악마가 나랑은 거래도 안 하겠다 할 정도로,

더 이상 팔 영혼도 없이 막.

칭찬을 던집시다.

엄마,

아빠,

사장님께는.

사양합니다

보람 따위 됐습니다.
성의 따위 사양합니다.

날도 추워지는데,
열정도 아껴야죠.

변덕과 일편단심

환절기, 사람도 자연의 일부다.

변덕스러우면 어떤가.

자연도 그런데.

만나고 싶으면 만났다가

헤어지고 싶으면 백번이라도.

초지일관 일편단심을 떠드는 사람은

호기심이 없거나 게으른 인간이라 치고.

우리의 두려움

변함없는,

동일한,

대체 가능한,

이것은 경고의 사인.

사랑이 흔해빠진 일용품이 되어 버렸다.

마음의 가벼운 움직임은

모두에게 암울하고 지속적인 두려움이다.

내일이 되어도 우리는 살아갈 테지만,

우리의 사랑은 그렇지 않을 테니.

INSTANT LOVE

3분
사랑

INSTANT LOVE

달달한 맛

욕망이 아름답지 않은 이유

의도된 친절은 불편하다.
연출된 사랑은 불쾌하다.
성과를 측정 가능할 때만 함께하는 사람이라면
성적인 것과 혼동될 때만 보이는 사랑이라면
진짜가 아니다.

타인을 자신의 의도대로 움직이려 하는 것,
욕망이 아름답지 않은 이유다.

사랑해~
꺼져

CHOICE
YES
NO

시간이라는 변수

실패하고 싶지 않으니까 선택하지 않는 것?

애초부터 완벽한 선택, 완벽한 확신은 존재하지 않는다.
정답을 오답으로 만드는 시간이라는 변수를 잊지 말 것.

그것밖에는

가시는 분께는

그저 안녕히 가십시오, 그렇게.

마음을 다 쥐어주며 그렇게.

그것밖에는 없다.

우리가 할 수 있는 게.

안녕히 가십시오.
멀리 안 나갑니다.

Epilogue

어떤 밤

그 누구보다도 나에게 솔직해지고 싶은 밤.

 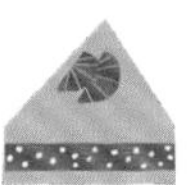  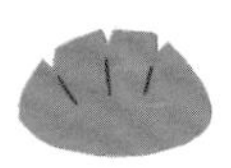  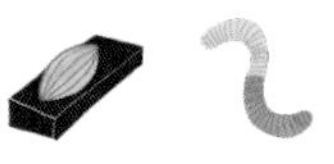

Configuration of Life
One Day Thinking Illustration

너는 네 인생이 마음에 드니? 신주희의 생활의 구성 2

2017년 7월 10일 1판 1쇄 박음
2017년 7월 17일 1판 1쇄 펴냄

지은이 신주희
그린이 전광은
펴낸이 김철종 박정욱
책임편집 김성은
디자인 이찬미
마케팅 오영일
인쇄제작 정민문화사

펴낸곳 알레고리
출판등록 1983년 9월 30일 제1 - 128호
주소 03146 서울시 종로구 삼일대로 453(경운동) KAFFE빌딩 2층
전화번호 02)701 - 6911 팩스번호 02)701 - 4449
전자우편 haneon@haneon.com 홈페이지 www.haneon.com

ISBN 978-89-5596-804-0 03810

이 도서의 국립중앙도서관 출판예정도서목록(CIP)은 서지정보유통지원시스템 홈페이지(http://seoji.nl.go.kr)와 국가자료공동목록시스템(http://www.nl.go.kr/kolisnet)에서 이용하실 수 있습니다.(CIP제어번호: CIP2017016270)